Written by **ADAM REX**

Illustrated by **LAURA PARK**

chronicle books · san francisco

Oh! If only I might escape this life
of muddy scuttling and fly.

And FLY!

To soar, happy and carefree—

I . . . just wish I could fly, that's all.

And *I* wish I could pinch that cat on the nose with big, snapping claws.

Whoa boy,
life is perfect now!

Well, I've always been a
little envious of ducks.

Who *hasn't*? They can fly *and* swim.

Hey, can we talk to you about something?

No.

NO. WAY.

I'm going in.

Hey, Steve. I don't know what you're so angry about, but I think maybe it's because you wish you could be a part of this incredible thing we've got going on. I think *maybe* you're lonely. I think . . . *maybe* . . . you could use some friends?

Birdraburtlebear!

Craburbearbird!

Turbearbircrab!

Steve!

What are those
yellow things?

You haven't heard? They're digging up the lakefront and building a shopping mall.

THE PRESIDENT!

I understand the problem and I want to help. But I cannot.

What?! But you're the Queen of America!

No, I am the President. You need a new law to protect your home, and the President doesn't make the law—that's the job of Congress.

Who's Congress?

UNSTOPP

Congress is called to order. All in favor of making this lakefront a protected park for all the animals forever?

Aye. Aye. Aye. Aye. Aye. Aye. Aye. Aye. Aye. Aye. Aye. Aye. Aye. Aye. Aye. Aye. Aye. Aye. Aye.
Aye. Aye. Aye. Aye. Aye. Aye. Aye. Aye. Aye. Aye. Aye. Aye. Aye. Aye. Aye. Aye. Aye. Aye. Aye.
Aye. Aye. Aye. Aye. Aye. Aye. Aye. Aye. Aye. Aye. Aye. Aye. Aye. Aye. Aye. Aye. Aye. Aye. Aye.
Aye. Aye. Aye. Aye. Aye. Aye. Aye. Aye. Aye. Aye. Aye. Aye. Aye. Aye. Aye. Aye. Aye. Aye. Aye.
Aye. Aye. Aye. Aye. Aye. Aye. Aye. Aye. Aye. Aye. Aye. Aye. Aye. Aye. Aye. Aye. Aye. Aye. Aye.
Aye. Aye. Aye. Aye. Aye. Aye. Aye. Aye. Aye. Aye. Aye. Aye. Aye. Aye. Aye. Aye. Aye. Aye. Aye.
Aye. Aye. Aye. Aye. Aye. Aye. Aye. Aye. Aye. Aye. Aye. Aye. Aye. Aye. Aye. Aye. Aye. Aye. Aye.
Aye. Aye. Aye. Aye. Aye. Aye. Aye. Aye. Aye. Aye. Aye. Aye. Aye. Aye. Aye. Aye. Aye. Aye. Aye.
Aye. Aye. Aye. Aye. Aye. Aye. Aye. Aye. Aye. Aye. Aye. Aye. Aye. Aye. Aye. Aye. Aye. Aye. Aye.
Aye. Aye. Aye. Aye. Aye. Aye. Aye. Aye. Aye. Aye. Aye. Aye. Aye. Aye. Aye. Aye. Aye. Aye. Aye.
Aye. Aye. Aye. Aye. Aye. Aye. Aye. Aye. Aye. Aye. Aye. Aye. Aye. Aye. Aye. Aye. Aye. Aye. Aye.
Aye. Aye. Aye. Aye. Aye. Aye. Aye. Aye. Aye. Aye. Aye. Aye. Aye. Aye. Aye. Aye. Aye. Aye. Aye.
Aye. Aye. Aye. Aye. Aye. Aye. Aye. Aye. Aye. Aye. Aye. Aye. Aye. Aye. Aye. Aye. Aye. Aye. Aye.
Aye. Aye. Aye. Aye. Aye. Aye. Aye. Aye. Aye. Aye. Aye. Aye. Aye. Aye. Aye. Aye. Aye. Aye. Aye.
Aye. Aye. Aye. Aye. Aye. Aye. Aye. Aye. Aye. Aye. Aye. Aye. Aye. Aye. Aye. Aye. Aye. Aye. Aye.
Aye. Aye. Aye. Aye. Aye. Aye. Aye. Aye. Aye. Aye. Aye. Aye. Aye. Aye. Aye. Aye. Aye. Aye. Aye.
Aye. Aye. Aye. Aye. Aye. Aye. Aye. Aye. Aye. Aye. Aye. Aye. Aye. Aye. Aye. Aye. Aye. Aye. Aye.
Aye. Aye. Aye. Aye. Aye. Aye. Aye. Aye. Aye. Aye. Aye. Aye. Aye. Aye. Aye. Aye. Aye. Aye. Aye.
Aye. Aye. Aye. Aye. Aye. Aye. Aye. Aye. Aye. Aye. Aye. Aye. Aye. Aye. Aye. Aye. Aye. Aye. Aye.
Aye. Aye. Aye. Aye. Aye. Aye. Aye. Aye. Aye. Aye. Aye. Aye. Aye. Aye. Aye. Aye. Aye. Aye. Aye.
Aye. Aye. Aye. Aye. Aye. Aye. Aye. Aye. Aye. Aye. Aye. Aye. Aye. Aye. Aye. Aye. Aye. Aye. Aye.
Aye. Aye. Aye. Aye. Aye. Aye. Aye. Aye. Aye. Aye. Aye. Aye. Aye. Aye. Aye. Aye. Aye. Aye. Aye.
Aye. Aye. Aye. Aye. Aye. Aye. Aye. Aye. Aye. Aye. Aye. Aye. Aye. Aye. Aye. Aye. Aye. Aye. Aye.
Aye. Aye. Aye. Aye. Aye. Aye. Aye. Aye. Aye. Aye. Aye. Aye. Aye. Aye. Aye. Aye. Aye. Aye. Aye.
Aye. Aye. Aye. Aye. Aye. Aye. Aye. Aye. Aye. Aye. Aye. Aye. Aye. Aye. Aye. Aye. Aye. Aye. Aye.
Aye. Aye. Aye. Aye. Aye. Aye. Aye. Aye. Aye. Aye. Aye. Aye. Aye. Aye. Aye. Aye. Aye. Aye. Aye.
Aye. Aye. Aye. Aye. Aye. Aye. Aye. Aye. Aye. Aye. Aye. Aye. Aye. Aye. Aye. Aye. Aye. Aye. Aye.

Nay. Nay. Nay.

The ayes have it!

HOORAY!

And people say if the night is clear, and your heart is true, you can still see Congresibirdraburtlebear flying over this great land—passing laws and pinching the noses that need to be pinched.

Our national bird is an eagle because it's easier to draw.

Goodnight, children.

Library of Congress Cataloging-in-Publication
Data available.

ISBN 978-1-4521-6504-2

Manufactured in China.

FSC
www.fsc.org

MIX
Paper from
responsible sources
FSC™ C104723

Design by Jennifer Tolo Pierce.
Typeset in Brandon Grotesque.
The illustrations in this book were
created in Procreate on an iPad.

10 9 8 7 6 5 4 3 2 1

Chronicle Books LLC
680 Second Street
San Francisco, California 94107

Chronicle Books—we see things differently.
Become part of our community at
www.chroniclekids.com.